En la Pulga

Lada Josefa Kratky

NATIONAL GEOGRAPHIC LEARNING | CENGAGE Learning®

—Tío, un tomate.

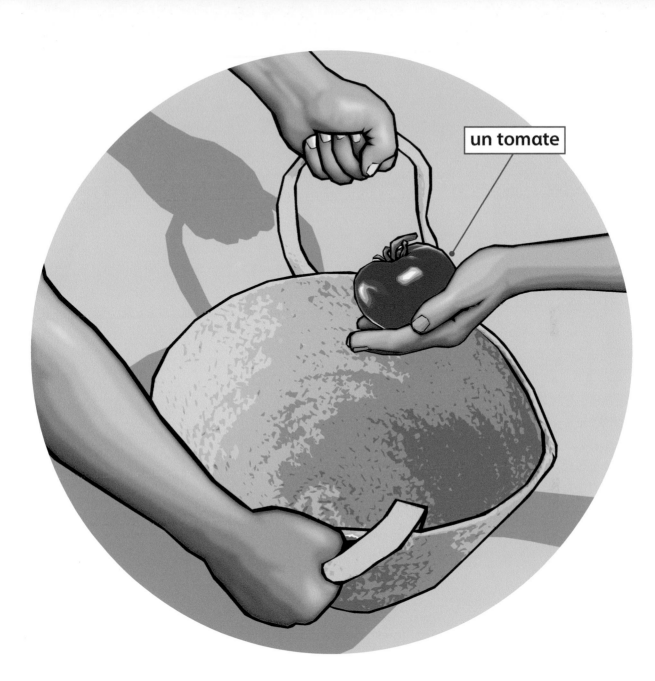

un tomate

—Toma, Tomi.

Mete este tomate.

—Tío, un tapete.

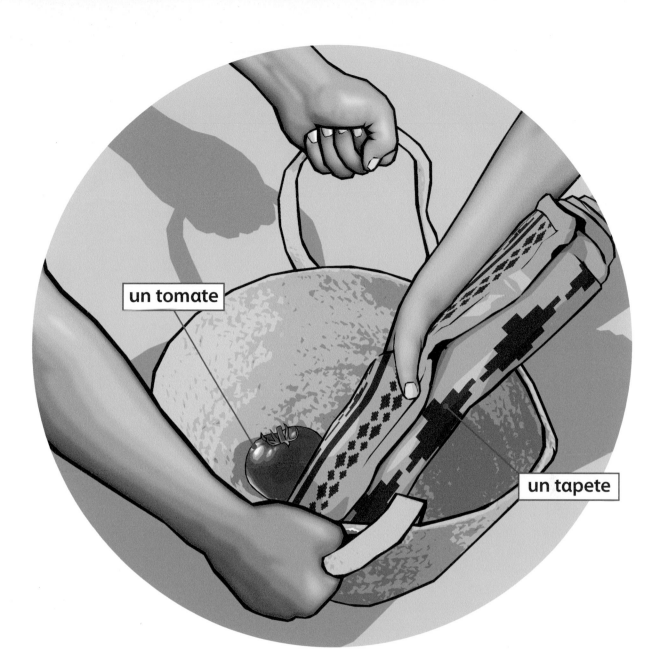

un tomate

un tapete

—Toma, Tomi.

Mete este tapete.

—Tío, una mata.

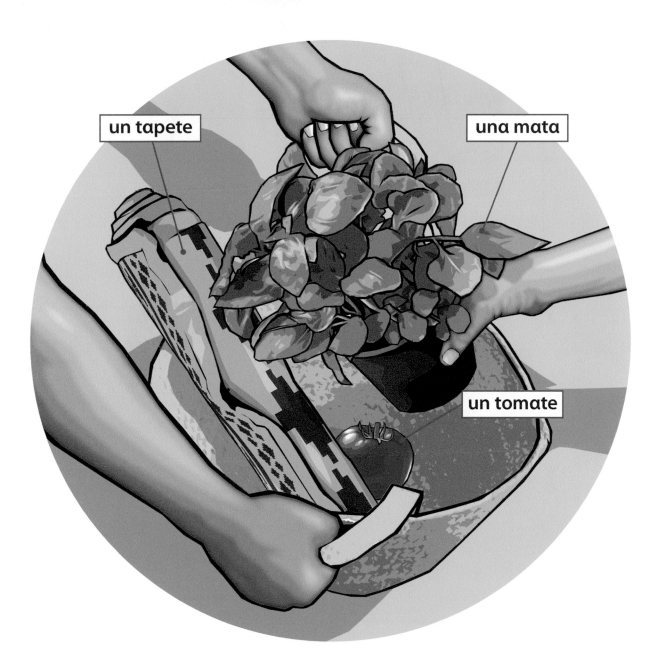

—Toma, Tomi.

Mete esta mata.

—¡Toma, mamá!